Življenje

Napisal **Roberto Perez-Franco**

Ilustrirala **Margarita Cubino**

Prevedel **Tim Gerdin**

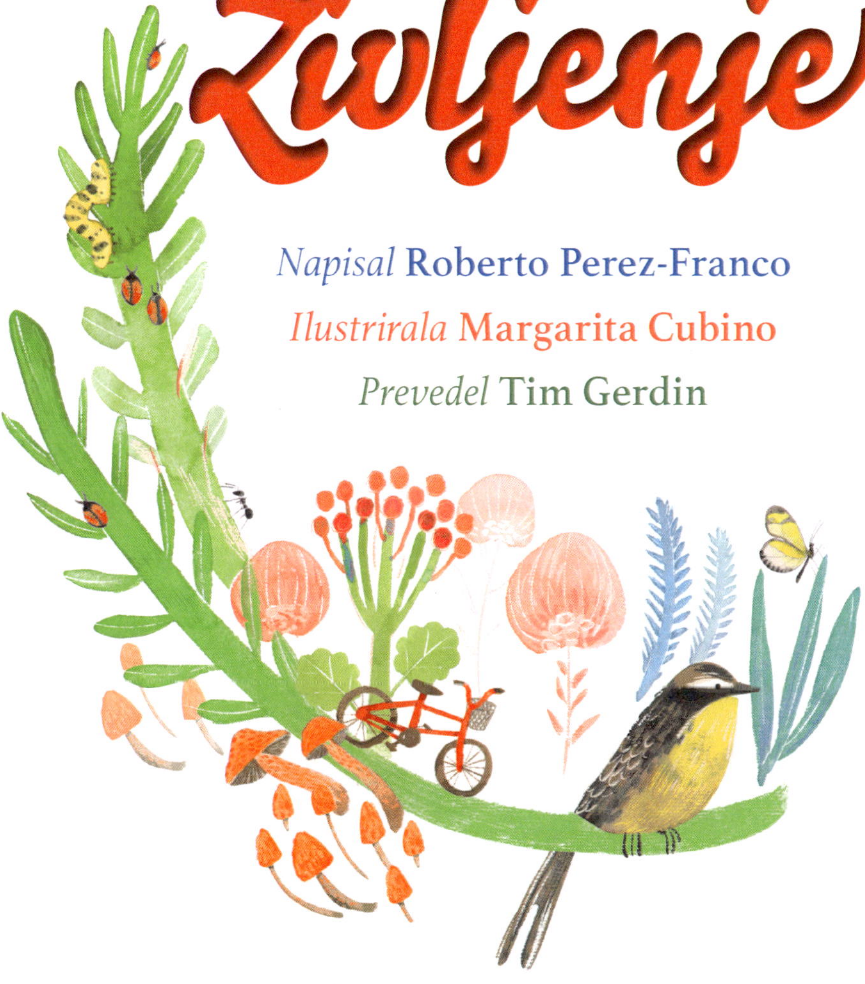

Očetu.

Vse življenje je poskus.

– Ralph Waldo Emerson

Deček molči. Previdno gleda čez visoko travinje proti bližnjem robu reke. Voda, čista in plitva, počasi drsi po kamnih prekritih z zeleno sluzjo. Zlita z ozadjem počiva ogromna in veličastna krastača. Prostemu očesu nevidna, a Hektorju, mojstru opazovanja krastač, žab, legvanov in želv, nezgrešljiva.

Po vseh štirih se plazi proti njej, kolena ima potopljena v blato in razmišlja o zavisti, ki jo bodo občutili njegovi sošolci, če mu bo uspelo ujeti ta čudoviti primerek. »Kakšna velika, grda krastača,« mu bodo rekli. Ponosno bo hodil naokoli in v rokah držal veliko kraljico rečnega tolmuna. Še en korak in krastača bo na dosegu roke. Veronika ga bo poizvedujoče gledala, z odporom do krastače in občudovanjem do njega. »Kakšno odvratno krastačo si prinesel, Hektor,« bo rekla. In zaradi sladkosti njenega glasu bo ta očitek zvenel kot topel kompliment.

Čuti, da je blizu,
da je skoraj tam ...
skoraj tam ...

Zdaj!

Deček skoči kot maček, roke iztegne proti krastači in z nosom pade na zelene skale in v bistro vodo, ki pod opoldanskim soncem poleti v tisoče lesketajočih kapljic. Krastača je ujeta, nemočna v njegovih skrbnih rokah.

Premočen in boleč se dvigne. Zadovoljno dvigne krastačo in dolgo opazuje plapolanje njenih nog, ki udarjajo po zraku. Prevzame ga njena ogromna velikost. Zavidanje razreda je zagotovljeno. Še več, zavidala mu jo bo cela šola. Kakšno srečo je imel, da jo je ujel! Vse dopoldne – od trenutka, ko je učiteljica Angelika ob koncu ure naravoslovja rekla, da morajo naslednji dan prinesti krastačo – je nemirni deček mislil le na to ogromno in lepo krastačo, ki jo je tolikokrat videl plavati, skakati, jesti komarje … Skratka! Zelo dobro jo je poznal. Poznal je vsako pego na njenem telesu, vsako gubico. Poznal je njene navade. Z navdušenjem je skrit v grmovju opazoval, kako se krastača premetava v mirnih rečnih koritih. Bila je kot spremljevalka ob lenobnih popoldnevih. In zdaj je imel priložnost, da jo kot trofejo pokaže pred Veroniko.

»Videli boste, kako ljubka je! Videti je kot angelček,« zašepeta mali Hektor ob mokri glavi žabe, ki v odgovor le hitro in prestrašeno pomežikne.

Žival nadvse nežno spravi v plastično vrečko in se s svojim starim kolesom, ki na makadamski cesti hrope kot ranjen prašič, pripelje do hišice ugnezdene sredi pašnika, ki je narejena iz adoba, mešanice ilovice in posušene slame.

Naslednji dan Hektor v šolo pride zgodaj, pred vsemi ostalimi. »Zbudi me zgodaj, mama, želim priti prvi,« ji je rekel prejšnji večer, ko je položil krastačo v staro traktorsko gumo, ki je bila razpolovljena in napolnjena z vodo, kjer so se piščanci običajno napajali podnevi. Deček je skočil iz postelje. Na hitro se je okopal v kmečkem zunanjem tušu, nad glavo pa so mu sijale zvezde. Pojedel je zajtrk – skodelico kave, polovico sladke koruzne tortilje – splaknil si je usta in se veselo odpeljal s kolesom, medtem ko je sonce komaj nakazovalo svoj prihod nad oddaljenimi hribi.

Čaka pred vrati učilnice s krastačo v plastični vrečki, ki jo občasno namoči, da se je počutila udobno. Krastača v notranjosti rogovili in je nemirna zaradi vrveža. Drug za drugim prihajajo njegovi sošolci in vsakemu od njih pokaže svojo trpežno krastačo.

»Poglej mojo malo krastačo!« kriči na

vsakogar, ki ga vidi prihajati.

Reakcija je vsakič enaka: začudenje, neprimeren vzklik in nespremenljiva, takojšnja prošnja:

»Dovoli mi, da jo vidim, da jo primem, prosim, Hektor!«

In vsakič, ko Hektor zavrne prošnjo, se notranje veseli zavisti in splošne razburjenosti. Okoli njega in njegove krastače se zbere množica otrok napravljenih v šolske uniforme. Ko pride učiteljica Angelika, radovedno pogleda v vrsto otrok. Po začetnem presencčenju čestita nasmejanemu Hektorju za njegovo veliko najdbo.

»Je že malo stara, Hektor, a bo prišla prav,« reče in ga pogladi po razmršeni glavi.

Deček, poln ponosa, prikima z glavo. Učiteljica odpre vrata. Otroci vstopijo in se usedejo na svoja mesta.

»Otroci, dajte svoje krastače na mizo.«

Po sobi se razširi nežen smehljaj. Iz žepov, vrečk in kozarcev se na lesene mize razporedijo krastače. Otroci, ki nimajo krastače, ker je niso našli ali ker se jim je gnusilo, se premaknejo k sošolčevi mizi. Veronika je nima. Hektor to opazi in jo z nežno kretnjo povabi k svoji mizi. Dekle vstane, se nasmehne in se usede poleg kraljice rečnega tolmuna, ogromne krastače, ki ju prestrašeno gleda ter napihuje in spušča visečo kožo na svojem belkastem vratu. Učiteljica Angelika vstane in spregovori.

»Otroci, danes se bomo učili o Bi-o-lo-gi-ji … Biologija je znanost o življenju. Bio, življenje. Logija, veda. Biologija. Veda o življenju. Danes bomo preučevali življenje.«

Hektor jo osuplo posluša. Poskuša razumeti učiteljičine besede, ki se mu zdijo velike in modre. Veseli ga, da je ta predmet nekaj, kar zelo dobro pozna: življenje. O življenju ve veliko. Občutil ga je zelo od blizu, o, da! Opazoval ga je v reki, v obliki drobnih srebrnih ribic. Čutil ga je v zelenem kožuhu potopljenih kamnov. Čutil ga je, kako trepeta v krilih igrivih kačjih pastirjev, ki lebdijo nad vodo. Videl ga je prestrašenega v jerebicah na cesti, ki ob zvoku njegovih drobnih korakov poletijo. Vdihnil je njegov vonj v nežnem vonju gorskih cvetlic. Okusil je njegov okus v rumenem soku zrelega manga. Premleval je njegove barve v krilih metuljev. In občutil je njegovo utripanje v vratu spoprijateljene krastače, ki se napihuje in spušča kot harmonika starega Čenča v nočeh praznovanj v vasi. Življenje … Ali ni Življenje to, kar zjutraj z roso navlaži pašnik, ko ga prečka s kolesom? Mar ni Življenje tisto, ki ga peče na koži, ko sonce ogreje njegove igre v reki? Ali ni Življenje to, ko mu obtiči cmok v grlu, kadar ga Veronika pogleda? To mora biti to. Da. O tem bo govorila učiteljica Angelika. O Življenju …

»Zato sem vas prosila, da prinesete krastačo, mlado krastačo. Ali ste jo prinesli vsi?«

Hektorjev 'da' se pridruži slapu 'da-jev', ki preplavi učiteljico. Toda zakriči tako glasno, da mu glas odpove in se na koncu spremeni v dolgo žvižganje, kar izzove Veronikin prisrčni smeh. Hektor zardi od zadrege!

»Vidim, vidim. Čestitam vam. To je zelo dobro. Hektor, tvoja krastača je malo velika in stara. Zaradi tega bo izkušnja morda nekoliko težja. Se spomnite, da sem rekla, da mora biti mlada?«

Hektor se znova zresni. To, da ga učitelj pred razredom graja, zlasti pred dekletom, ga spravlja v zadrego. To ni bilo zaradi pozabljivosti. Imel je dobre razloge, da je izbral tisto krastačo namesto mlade. Prvič, ta krastača ni kar tako: je kraljica rečnega tolmuna, največja in najlepša krastača na vsem svetu. Drugič, to krastačo zelo dobro pozna, tako dobro, kot človek pozna prijatelja, in ve, da ga ne bo pustila na cedilu: bodisi na dirki

bodisi v plavanju bo zmagovalka. In tretjič,
to je popolnoma izjemna krastača! Nobena
mlada krastača je ne bo premagala v ničemer.
Vredno je učiteljičine graje. Kakorkoli že, na
tak način bi njegova krastača spoznala šolo,
kamor hodi vsak dan. Prejšnji večer, medtem
ko je krastača plavala v traktorski pnevmatiki,
je načrtoval, da jo bo po pouku naravoslovja
odpeljal na ogled celotne šole z dvojnim
namenom. Da bi mu še več ljudi zavidalo in da
bi svoji krastačji prijateljici pokazal vse skrivne
kotičke šolskega poslopja. Na primer skladišče,
kjer hranijo orodje in kjer je pred dnevi našel
majhno sivo miško. Ali pa steno, na katero je z
rdečim svinčnikom napisal Veronikino ime v
obliko srca. Ali pa …

»Otroci, danes bomo razkosali dvoživko,
v tem primeru krastačo, in preučili njene
notranje dele. Pa poglejmo, Hektor. Začeli
bomo s tvojo krastačo. Ker je stara, boš zelo
težko sam naredil prve reze. Dovoli mi, da to
storim jaz.«

Hektor, ki se je s svojo krastačo miselno sprehajal po šolskih hodnikih, se odzove nekoliko pozno. Učiteljice ni slišal.

»Oprostite, učiteljica?« v zadregi vpraša Hektor.

»Rekla sem, da bomo najprej secirali tvojo krastačo. Pa dajmo, prinesi jo sem ...«

»Da jo bomo sušili? Učiteljica, če jo posušite, bo umrla. Videl sem jih na rečnih kamnih, suhe kot kos usnja.«

»Ne da bi jo posušili, Hektor. Rekla sem se-ci-ra-li,« pojasni učiteljica.

Deček, ki ni razumel pomena besede, učiteljico v naglici uboga. Vstane, pobere svojo krastačo, ki se za trenutek zazre v Veroniko z olivno zelenimi očmi, in odide do učiteljičine mize.

»Pa poglejmo ...« reče učiteljica Angelika. »Ostani tukaj, Hektor, da se naučiš, kako se to dela. Bodite pozorni, otroci. Najprej vzamemo iglo in z njo prodremo v žabjo hrbtenjačo.«

Deček, ki vidi ogromno iglo, ki se blešči med vitkimi prsti ženske, začuti nevarnost, vendar se iz spoštovanja zadrži. Morda ni to tisto, kar si misli. Bolje je počakati. Učiteljica Angelika je dobra. Ne bo poškodovala njegove krastače.

»Bolje boste videli, če pridete bližje. Zberite se, otroci. Naredite krog okoli mene. V redu, v redu! V redu, pa dajmo. Kot sem že rekla, je treba najprej trdno prijeti iglo in jo položiti sem, ravno sem, na vrat krastače, da se močno zatakne. Nato jo bomo potisnili skozi vretenčni kanal in pok!, zavrteli jo bomo z eno in nato z drugo roko, da ji bomo zlomili hrbtenico in prerezali hrbtenjačo. Nato jo bomo zgrabili in jo položili na hrbet,« pravi učiteljica, ki jo istočasno vzame in obrne, »da jo bomo s tem skalpelom odprli in preučili njena prebavila, krvni obtok in dihalni sistem ... skratka, vse njene organe. Vse njene sisteme. A! Prinesla sem vam nekaj krožnikov ...«

Učiteljica pusti krastačo ležati na hrbtu in pobere nekaj velikih zvitkov papirja, ki jih je pustila na tleh. Hektor ji pretreseno sledi z očmi. Njegove velike oči se še povečajo, ko zagleda list papirja, ki ga je učiteljica prilepila na tablo in na katerem je upodobljena secirana krastača, križana z žeblji, njena drobovja pa visijo v zraku.

»Zdaj bomo to storili sami. Poglejte si list na tabli, ne bo se odlepil. Bodite pozorni, kasneje boste morali to narediti sami, jaz pa vam ne bom pomagala. Je to jasno? Torej… Hektorjeva krastača.«

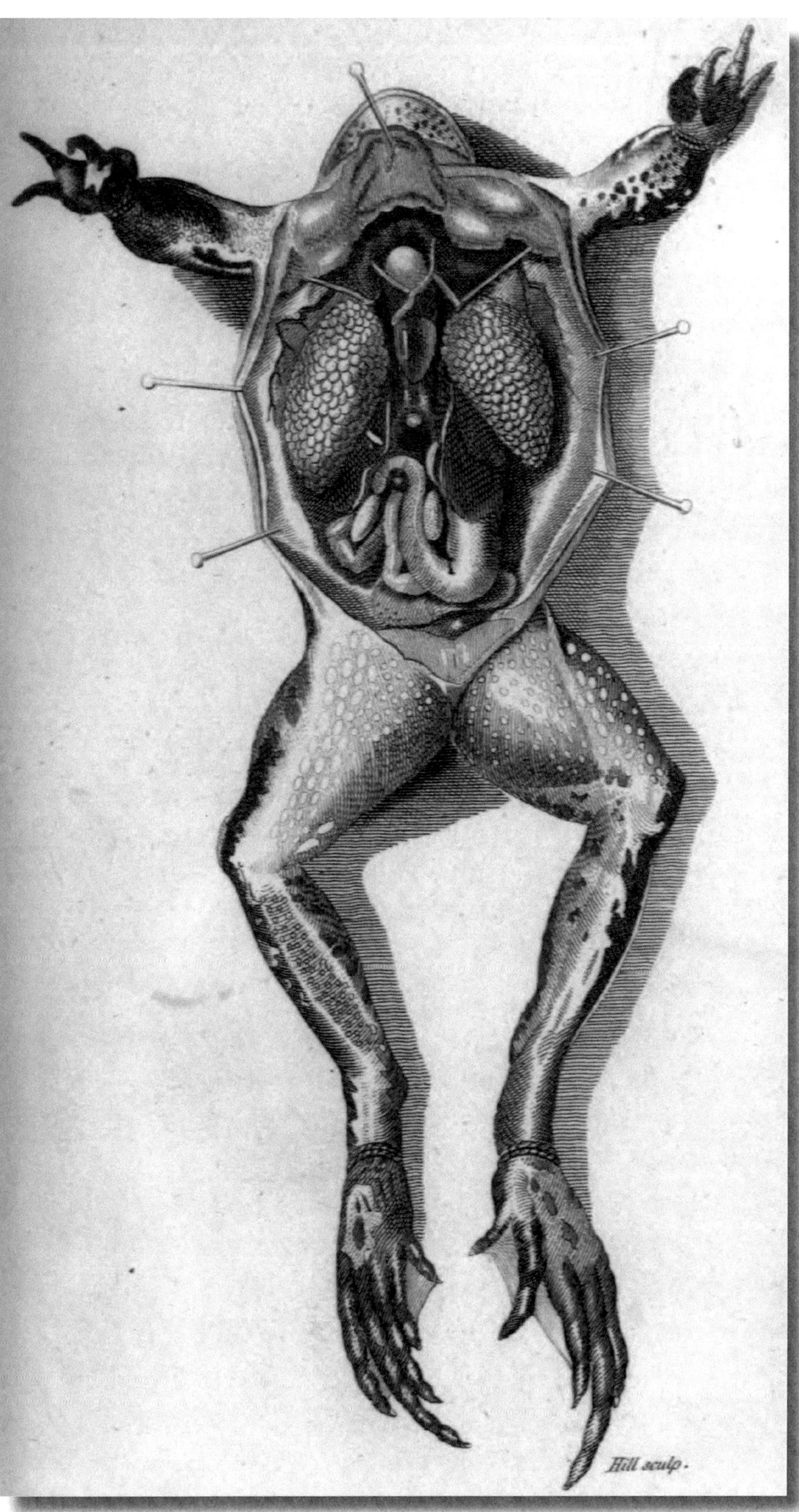
Hill sculp.

»Učiteljica!« Hektor joče s solzami v očeh: »Kaj boste naredili moji krastači?«

»Kaj je, fant, zakaj jokaš? Rekla sem ti, da jo bom secirala, da jo bova skupaj preučila.«

»Ampak ne ... jaz ... jaz nočem. Rekli ste, da bomo preučevali življenje, ne pa ubili moje krastače.«

»Gre za isto stvar. Če želimo preučevati dvoživke, jih moramo nekaj žrtvovati, da lahko vidimo njihovo notranjost.«

»Ne ... nisem je pripeljal sem zaradi tega ... Lagali ste mi!« ji je jokajoč odvrnil deček in iz učiteljičinih rok istočasno izpulil ogromno krastačo. »Rekli ste, da je namen preučevati življenje in ne smrti ...«

Hektor pohiti iz učilnice in pobegne s kolesom. Za njim je učiteljica, ki kriči nanj.

N.E
Ti A.V GI.S.L
N.E.
E

Voda v reki teče mirno, brez naglice. Pena v svojih vrtincih riše arabeske. Kačji pastirji plešejo nad travinjo. Med vejami cvetočega drevesa poskakuje rumenoprsa ptica. Hektor, ki leži ob vznožju drevesa, občuduje ptičevo veselje. Zazdi se mu, da se je odlomila veja, in se ozre nazaj: Veronika. Pozdravi ga in se uleže poleg njega.

»Ali imaš še vedno krastačo?«

Hektor ji jo pokaže, ujeto v njegovih šibkih rokah.

»Učiteljica te išče. V svojo knjigo je zapisala tvojo odsotnost in pravi, da bo poklicala tvojo mamo.«

Deček skomigne z rameni in odgovori:

»Ni mi mar.« In v smehu doda: »Jutri se sploh ne bo spomnila.«

»Ali boš obdržal krastačo?«

»Ne. To je njen dom. Spustil jo bom v reko, kjer sem jo ujel. Pojdi z mano.«

Hodita proti reki.

»Ubili so vse druge krastače,« reče deklica vidno razočarana. »Bilo jih je približno dvajset. Fuj! Kako odvratno ...«

Hektor skloni glavo in nekaj minut molči. Dekle položi kazalec na njegovo padajočo brado, ga prisili, da dvigne pogled, in ga poljubi. Nato oba izbruhneta v smeh. Deček krastačo dvigne in prime enega od njenih krakov in z njim pomaha deklici v slovo. Deklica v slovo zamahne z roko. Krastača ob prvem stiku z vodo začne obupno mahati z nogami in nato hitro odplava. Otroka jo dolgo gledata, dokler je ne izgubita izpred oči na blatnem dnu vode. Še naprej nemo strmita v zeleni nič, v katerega je izginila.

»Želiš, da ti pokažem Življenje, Veronika?« vpraša Hektor.

»Seveda! Mi ga lahko?« doda s svojim sladkim glasom.

Pokima z glavo. Prime jo za roko in se z njo odpravi proti majhnim cvetlicam v bližini, kjer zaskrbljeno plapola nekaj rumenih metuljev.

Tesnobno kot Hektorjevo srce, ki
Življenje zagozdi v njegovo grlo.

KONEC.

Žirija Državne nagrade za črtico *José María Sánchez* iz leta 1999 je zgodbo *Življenje* (izvorno *Vida*) opisala kot »literarni dragulj, vreden najzahtevnejše antologije, zaradi človeške topline, lahkotnosti in formalne dovršenosti.« Melquíades Villarreal Castillo je dejal, da je to »ena najboljših kratkih zgodb, kar jih je bilo kdaj napisanih v Panami«, in dodal, da »na preprost način opisuje bistvo človeškega obstoja«, njen avtor pa je »nedvomno eden najboljših pripovedovalcev, kar jih ima Panama«. Enrique Jaramillo Levi jo opisuje kot »nekakšno 'klasiko' nove generacije zaradi intenzivne človeške izkušnje, ki je opisana v brezhibni tradicionalni strukturi z veliko mero natančnosti ter z uporabo preprostega jezika ... obvezno branje za vse, ki želijo vedeti, kako lepo pripovedati zgodbo.« Urednica Mónica Mora, ki je pri založbi Perezoso Editores izdala knjigo *Vida* v 2022 z ilustracijami Margarita Cubino, priznava, da se ji je po prvem branju zdela »najlepša stvar, kar sem jih kdaj v življenju prebrala.«

Roberto Perez-Franco

Rojen leta 1976 v Chitréju v Panami. Je avtor petih zbirk črtic. Leta 1998 je napisal črtico *Vida*. Leta 2005 je za knjigo **Cenizas de ángel** prejel Državno nagrado za kratko zgodbo *José María Sánchez*. Na Tehnološki univerzi v Panami je diplomiral iz elektromehanskega inženirstva, magistriral iz logistike in doktoriral iz inženirskih sistemov, oboje na Tehnološkem inštitutu v Massachusettsu (MIT). Po dvanajstih letih v Bostonu, kjer je bil študent in raziskovalec na MIT, se je leta 2017 preselil v Melbourne v Avstraliji, kjer zdaj živi z ženo in sinom. Njegovo najnovejše delo je **Bistvena antologija** (*Antología Esencial*, 2024).

roberto.perez-franco.com

Margarita Cubino

Rodila se je leta 1989 v soseski Villa Lugano v Buenos Airesu v Argentini. Je ilustratorka in oblikovalka, ki je diplomirala na Univerzi v Buenos Airesu, kjer tudi poučuje ilustracijo in grafično oblikovanje. Ilustrirala je knjige za založbe v Argentini, Braziliji in Združenih državah Amerike. Svojo poklicno pot je začela z ilustracijami v animacijskih studiih za televizijske kanale, kot so Paka Paka, Encuentro, Nickelodeon in Cartoon Network. Zdaj sodeluje tudi v kolektivih, kot so Anuario de Ilustradores, La vuelta al mes en 30 ilustradores, Arenero in v feminističnem kolektivu oblikovalcev Hay Futura.

www.margaritacubino.com

Črtico napisal Roberto Joaquín Pérez-Franco (1998)

V slovenščino prevedel Tim Gerdin (2024). Revidiral Pia Gerdin in Tim Tavčar.

Ilustracije izdelala Margarita Cubino (2022)

Grafika anatomije razrezane žabe: Hill (1802). Iz Splošne zoologije, 3. zvezek, 1. del, plošča 30.

O prvi izdaji: Pripravila jo je založba Perezoso Editores v Panama Cityju v Panami leta 2022.
- Uredništvo: Mónica J. Mora
- Umetniški vodja: Román Flórez M.
- Grafično oblikovanje: Juan A. Tarté
- Hvala Randy Navarro B.

O tej drugi izdaji: Roberto Pérez-Franco jo je pripravil leta 2024 v Melbournu v Avstraliji pod svojo založbo Zirie v zavezništvu z založbo Perezoso Editores na podlagi čudovite prve izdaje. Avtor se zahvaljuje Monici J. Mori., Margariti Cubino, Timu Gerdinu, Piji Gerdin in Timu Tavčarju.